EL ÚLTIMO TESORO

por

Fernando Gamboa

NOTA DEL AUTOR

Antes que nada, quiero aclarar que EL ÚLTIMO TESORO no es la continuación de LA ÚLTIMA REVELACIÓN. Se trata de un relato de cuarenta y tantas páginas protagonizado por Ulises Vidal y que se sitúa en el tiempo antes de los hechos relatados en LA ÚLTIMA CRIPTA.

No es una novela de más de quinientas páginas como las del resto de la serie, más bien un aperitivo previo al opíparo banquete que viene después. Un aperitivo que a los nuevos lectores les puede servir a modo de introducción y a los viejos amigos de viajes anteriores, les puede sacar una sonrisa al encontrarse de nuevo con el bueno de Ulises metiéndose en problemas de los que luego no sabe cómo salir.

Resumiendo: EL ÚLTIMO TESORO es un breve thriller de aventura intenso y trepidante, ambientado en el turbulento caribe colombiano, que estoy seguro hará las delicias de los amantes del género y de los seguidores de la serie.

Espero de todo corazón que lo disfrute.

Un fuerte abrazo.
Fernando Gamboa

Dentro de veinte años lamentarás más las cosas que no
hiciste que las que hiciste.
Así que suelta amarras y navega alejándote de puertos
conocidos.
Hincha con los vientos alisios tus velas.
Explora.
Sueña.
Descubre.

Mark Twain

El hallazgo

Justo por encima de mi cabeza una lancha cruzó rauda con un molesto rugido, dejando tras de sí una ancha estela de espuma blanca como la de un reactor surcando el cielo.

Estaba claro que les traía sin cuidado la boya que había dejado flotando en la superficie. Aunque, de hecho, pensé meneando la cabeza, lo más probable era que ni siquiera supieran qué significaba la bandera blanca y azul advirtiendo la presencia de buceadores.

Era el problema de bucear en fin de semana: los alrededores de las Islas del Rosario, al suroeste de Cartagena de Indias, estaban llenos de domingueros borrachos en fueraborda. Si no me hubiera hallado a veinte metros de profundidad y con el regulador metido en la boca, me habría acordado de sus muertos más frescos, pero me limité a resoplar por la nariz, empañando así el vidrio de la máscara de buceo.

Eché un breve vistazo al manómetro para comprobar cómo iba de aire y volví a centrarme en lo que tenía entre manos: un viejo detector de metales Excalibur con el que rastreaba un banco de arena blanca como la nieve, salpicado de pequeños arrecifes. Los brazos de coral rojos, violetas y amarillos se erguían como pequeños arbustos asediados por miríadas de peces multicolores que iban del azul eléctrico al verde iridiscente o al negro más profundo. Bucear en aquellas aguas del Caribe era como ir hasta arriba de LSD.

Algo más allá, fundiéndose en el azul grisáceo de las profundidades, distinguí la inconfundible silueta de varios tiburones de arrecife patrullando sus dominios; apareciendo y desapareciendo como espectros, aproximándose de vez en cuando para estudiarme con esos inquietantes ojos, que nunca se sabe hacia dónde están mirando. Llevaba ya tiempo buceando en aquellas aguas sin que ninguno hubiera tenido la curiosidad de probar mi sabor, de modo que no estaba demasiado preocupado. Pero no por ello dejaba de vigilarles de reojo, por si las moscas; cuando se trata de tiburones, más valen cien *porsiacasos* que un *yopenséque*.

De pronto, la alarma del reloj de buceo me avisó de que ya era hora de regresar a la superficie y, justo un segundo después, el Excalibur comenzó a pitar con auténtica desesperación.

No me jodas, pensé, de nuevo ante la imposibilidad de hablar con el regulador metido en la boca. Más de cuarenta minutos bajo el agua y descubría algo justo cuando tenía que irme.

Lo sensato habría sido marcar el lugar con una de las banderitas que llevaba en el chaleco de flotabilidad y regresar por la tarde, o al día siguiente.

Pero claro… si fuera un tipo sensato tampoco

estaría a mi edad buceando solo y rodeado de escualos, a veintipico metros de profundidad y rastreando el lecho marino del caribe colombiano con un neopreno viejo y un magnetómetro alquilado.

Por cierto, creo que he olvidado presentarme:

Me llamo Ulises Vidal, nací en Barcelona hace cuarenta y tantos años, y soy submarinista profesional. Ojos marrones y pelo castaño, un metro ochenta de altura y setenta y pico kilos de peso –ochenta según la báscula, que me tiene manía–, y me gustan la cerveza, el mar y las mujeres –no necesariamente en ese orden–. A pesar de peinar canas, huyo de la rutina y las responsabilidades como si fueran inspectores de Hacienda y tengo una asombrosa facilidad para meterme en más problemas de los que soy capaz de resolver.

Ah, y no me gustan los tiburones.

Y ahora, sabiendo esto, quizá te preguntes qué razón me había llevado a estar ahí en ese preciso momento. Muy sencillo: soy tonto de narices. Tonto y crédulo, para ser preciso.

Meses atrás, mientras trabajaba de instructor en un centro de buceo de Aruba, durante una charla de bar con un montón de botellas de cerveza vacías sobre la mesa, un capitán de fragata retirado mencionó un nombre en voz baja que desde entonces se había convertido en una obsesión para mí: *Tomasito*.

Sí, lo sé, no parece un nombre para obsesionarse, más bien el apodo de un cantaor de flamenco. Pero la clave estaba en el nombre completo: Galeón *Tomasito*.

Una nave de cuarenta metros de eslora de bandera española, mil toneladas de peso y cincuenta cañones, que el 4 de noviembre de 1800 se fue a pique en mitad de una tempestad con cuatrocientas noventa y tres almas a bordo, llevando en sus bodegas un gran cargamento de joyas, piedras preciosas y cincuenta y dos mil piezas de oro.

En algún momento entre la quinta y la sexta cerveza, el marino retirado balbuceó la existencia de aquel pecio en algún lugar al norte de las Islas del Rosario, que aún nadie había localizado y que, en teoría, guardaba en sus bodegas más riquezas de las que yo podría gastar en cien vidas.

El pequeño inconveniente, sin embargo, era que estaba completamente prohibido explotar naufragios en aguas colombianas y que la esperanza de vida de aquellos que trataban de hacerse ricos buscando alguno de los innumerables tesoros hundidos en la costa de Colombia se medía en meses, cuando no en semanas. Misteriosamente, todos y cada uno de ellos aparecía más pronto que tarde flotando bocabajo en el puerto o con un agujero en la frente entre la basura de algún callejón.

Pero claro, esos pequeños inconvenientes no iban a echarme atrás. Ya se había encendido en mi pecho la llama de la aventura y la codicia, convenciéndome de que si era lo bastante discreto e inteligente, podía hacerme pasar por un turista cualquiera aficionado al submarinismo, sin que nadie se diera cuenta de lo que estaba haciendo hasta que fuera demasiado tarde.

He mencionado ya que soy tonto, ¿no?

Así que ahí estaba yo, a punto de quedarme sin el dinero que me había llevado años ahorrar, tras cinco semanas de búsqueda infructuosa y frustrante, con la alarma del reloj de buceo –pidiéndome ascender– y la del magnetómetro –pidiéndome descender– sonando al mismo tiempo.

–A ga giegda… –balbucí a través del regulador, dejando escapar una sarta de burbujas.

Incliné el cuerpo hacia abajo y, moviendo en círculos el receptor del Excalibur, delimité el origen de la señal, un fondo arenoso como cualquier otro a mi alrededor. Pero ahí había algo metálico.

Aunque convencido interiormente de que volvería a encontrarme con la enésima ancla perdida o una plomada de pesca olvidada, dejé el magnetómetro a un lado y comencé a apartar la arena con las manos. Una nube de arena blanca se levantó del fondo, pero en cuanto se disipó, distinguí un pequeño objeto sobresaliendo de la arena. Un objeto plano y redondo que lanzó un breve destello dorado e hizo que mi corazón se detuviera en seco.

1

Pocas horas después, tras atracar el *Carpe Diem* en el puerto deportivo, darme una ducha en las instalaciones del puerto y regalarme un homenaje de langosta a la parrilla en el club náutico, me puse las zapatillas deportivas y mi última camisa limpia y me adentré en la ciudad vieja en dirección a la tienda de José Jaramillo.

Aunque a esa hora de la tarde Cartagena de Indias aún era una caldera hirviente en la que solo se aventuraban turistas y vendedores de esmeraldas falsas, yo caminaba feliz con una sonrisa en los labios y tres doblones de oro tintineando lujuriosamente en mi bolsillo, pensando que a sesenta y pico kilómetros de allí, en una ubicación que solo yo conocía, aguardaban otras cincuenta y una mil novecientas noventa y siete monedas como aquellas. Quinientos ochenta y cuatro millones de dólares al precio actual del oro, millón arriba millón abajo. Y eso, sin tener en cuenta su valor numismático o arqueológico.

La verdad es que tenía que hacer un enorme esfuerzo para no ir dando saltos de alegría por la calle.

El viejo anticuario, propietario de *El cofre de*

don José, era a quien había llevado con anterioridad las piezas que había encontrado hasta entonces bajo el agua y de las que desconocía su valor real. Don José, tras estudiarlas atentamente con sus arcaicos lentes de nariz, me las había tasado siempre a un precio justo y con la máxima discreción, lo cual era decir mucho en una ciudad donde los chismorreos sobre barcos hundidos iban más rápido que la fibra óptica.

Mientras caminaba, imaginé que después caerían unas cervezas, una cena ligera y finalmente terminaría la noche regresando al *Carpe Diem*, donde practicaría con mi ukelele en la hamaca de cubierta, hasta caer dormido mientras soñaba cómo iba a ser mi nueva vida de multimillonario.

No era un mal plan para pasar un martes por la tarde.

El problema es que cumplir los planes se me da tan mal como tocar el ukelele.

Un campanilleo familiar me recibió al abrir la puerta del anticuario, apresurándome a cerrarla tras de mí para evitar que escapara el precioso aire acondicionado.

El local en sí era, ni más ni menos, como nos imaginamos todos que debería ser una tienda de antigüedades: oscura, misteriosa, y con ese aire de que los verdaderos tesoros se guardan en la trastienda.

Del techo de tablazón oscurecido por el tiempo pendía una lámpara de araña con una etiqueta llena de ceros, suspendida sobre la casi infinita colección de cofres, cuadros, armaduras, espadas y mosquetes españoles que don José había acumulado cuidadosamente con el paso de los años. Cada vez, un profundo olor a antiguo y a madera añeja me hacía pensar que en realidad entraba en la bodega de un galeón de las Indias del siglo XVII.

–¡Buenas tardes! –saludé al no verlo tras el mostrador–. ¿Don José?

–Sí, ahora salgo –contestó con voz rasposa desde el sótano–. Un momento, por favor.

Al cabo de un minuto, el anticuario apareció con aspecto de haber discutido con alguien acaloradamente. Por su sien resbalaban un par de gotas de sudor, y su siempre incólume guayabera blanca presentaba arrugas en la pechera.

–Buenas tardes, señor Vidal –murmuró, mirando nerviosamente hacia la calle por encima de sus anteojos–. ¿Qué le trae por aquí?

–Pues no se lo va a creer, pero… –le dije, apoyándome en el mostrador y tratando de contener el entusiasmo–, ¡creo que lo he encontrado!

–¿Encontrado? –preguntó, recolocándose las gafitas de montura redonda sobre la nariz.

–¡El *Tomasito*! –exclamé–. ¡Al fin lo he encontrado!

El hombre me miró detenidamente por un instante y, tras volver a girarse hacia el escaparate, respondió con forzada indiferencia:

–Ah, eso…

–¿Cómo que ah, eso? ¡Le estoy diciendo que he encontrado el galeón *Tomasito*!

Desconcertado por su actitud, temí que le sucediera algo.

–¿Se encuentra usted bien, don José? Le veo un poco raro.

–¿Eh? Sí, perfectamente. Esto… enhorabuena por su hallazgo –repuso con un tono que no concordaba con sus palabras.

Un incómodo silencio apareció entre los dos hasta que, encogiéndome de hombros, eché mano al bolsillo y saqué lo que llevaba todo el día deseando enseñarle.

–En fin… no sé lo que le pasa, pero estoy seguro de que esto le va a cambiar la cara.

Desenvolví las tres monedas de oro del pañuelo y las coloqué una detrás de otra encima del mostrador. Me quedé callado esperando ver el asombro reflejado en sus huidizos ojos azules.

Pero a aquel hombre parecían haberle sacado la sangre de las venas. Miró los doblones como si le hubiera puesto delante tres tomates. Se limitó a apoyarse en la estantería a su espalda, presa de un repentino cansancio o de una inexplicable alergia al oro de dieciocho quilates.

–¿Qué me dice? –le insté finalmente, viendo que no soltaba palabra.

El hombre echó una mirada furtiva a su

alrededor y de nuevo hacia la calle. Finalmente se acercó y me susurró al oído:

–Salga de aquí ahora mismo…

–¿Qué? ¿Pero...? –farfullé desconcertado.

–Vienen a por usted… –murmuró de nuevo, mirándome fijamente–. Le están esperando en la parte de atrás, así que hágase el despistado, salga tranquilamente por la puerta y eche a correr todo lo que pueda.

Desconcertado, no fui capaz de mover un músculo, decir nada y mucho menos pensar con claridad.

–¿Pero… quién? ¿Cómo saben…? –tartamudeé, incrédulo ante las palabras de aquel hombre que me merecía absoluta confianza.

–No pregunte y váyase de aquí enseguida… –insistió apremiante–. Y no vuelva en mucho tiempo –advirtió, señalando hacia la calle–. Lo saben todo.

Sin saber muy bien lo que hacía, di un paso atrás y luego otro, y con un gesto estúpido de la mano, como si consultara la hora en el reloj, atropellé una incongruente excusa mientras me giraba y abría la puerta.

Unos pasos apresurados resonaron en la escalera del sótano y oí cómo don José alzaba la voz por última vez para gritarme:

–¡Corra, Ulises! ¡Corra!

2

Cerré la puerta a mi espalda tratando de mantener la calma, pero de reojo vi a dos desconocidos que salían disparados de la trastienda. Mientras uno me señalaba con el dedo, el otro se disponía a salir de la tienda llevándose la mano derecha al interior de la chaqueta.

Sin saber aún hacia dónde dirigirme, simplemente seguí el consejo del anticuario y eché a correr como si me fuera la vida en ello. Lo cual podría ser perfectamente el caso. Con el corazón en la boca e impulsado por la energía que da el miedo, me lancé a la carrera apartando a los transeúntes a empujones y farfullando excusas a mi paso.

Recordé entonces el fin que habían tenido todos los buscadores de tesoros que me habían precedido, y las muchas advertencias de aquel capitán de fragata sobre lo pésimo que sería para mi salud buscar el *Tomasito*. Me había creído más listo que ellos al dar por sentado que a mí no lograrían descubrirme. Lamentablemente, los dos tipos que ahora corrían tras de mí no hacían más que desmentir esa teoría.

Sintiéndome afortunado por llevar puestas las

zapatillas deportivas en lugar de las chanclas, me escabullí a toda prisa por la calle Inquisición hasta llegar al concurrido parque Bolívar, tropezándome con una de las palenqueras habituales de aquella plaza y tirándole por los suelos todas las frutas del cesto que llevaba sobre la cabeza. Alzando el puño, la mujer me gritó algo en esa jerga suya castellano-africana que aún suelen utilizar cuando se enfadan y que en ese momento me alegré de no entender.

Aprovechándome del enorme pedestal de la estatua a Simón Bolívar que hace honor a la plaza, me oculté un instante para recobrar el aliento y comprobar si aún me seguían. Mi corazón latía descontrolado y aquel aire caliente y húmedo parecía negarse a llenarme los pulmones, así que no tuve más remedio que apoyar la espalda en el mármol y confiar en que no me descubrieran mientras me recuperaba.

Entonces, un chirriar de neumáticos resonó en la plaza. Al asomar la cabeza, vi aparecer un coche de policía por una esquina del parque, mientras que por la otra asomaban los dos tipos de la tienda: un rubio enorme con pinta de portero de discoteca y un mulato que le llegaba a la altura del hombro y tenía pinta de ser el jefe. El mulato sacó una foto del bolsillo del pantalón y comenzó a mostrársela a la gente.

Fue precisamente una inocente niña con trencitas de colores la que asintió al fulano y señaló sonriente en mi dirección, sin duda creyendo que jugábamos al escondite o algo así.

Estupendo.

La plaza solo tenía tres salidas: una estaba cubierta por el dúo dinámico, otra por la policía y la tercera quedaba a mi espalda.

La cosa estaba clara.

Tomé aliento, apreté los dientes y eché a correr de nuevo sin mirar atrás, ignorando los gritos de alto y la sirena de policía que empezó a aullar como si acabara de fugarme de Alcatraz.

Para mi desgracia, las calles del casco antiguo de Cartagena son largas y sin callejones ni recovecos en los que esconderse, flanqueadas por coloridas casonas palaciegas con buganvilias en los balcones, que en ese momento no me veía con ánimo de admirar. Solo entonces caí en la cuenta de que la calle por la que corría no tenía salida y que terminaba frente a la muralla que rodea la ciudad antigua.

La cosa no hacía más que mejorar.

Pero justo cuando una voz en mi cabeza empezaba a decirme que hasta aquí habíamos llegado, ocurrió el milagro.

El portón de madera de una de aquellas casonas se abrió justo frente a mí con un correr de cerrojos. Sin pensarlo un instante, me agarré del picaporte y me metí dentro cerrando la puerta tras de mí.

La que debía de ser la dueña, una mujer regordeta con sombrerito a juego con el vestido de lino rosa, se quedó blanca como el papel y ahogando un grito de sorpresa en la garganta.

–Perdone, señora… –murmuré sin aliento–. Yo…

Antes de que pudiera decir nada más, una serie de porrazos retumbaron en la casa.

–¡Abran a la policía! –gritaron al otro lado–. ¡Abran inmediatamente!

La mujer se llevó las manos a la cara y dio un paso atrás. Alargué la mano hacia ella para tranquilizarla, pero tuvo exactamente el efecto contrario y, ahora sí, se puso a gritar como poseída, y corrió hacia el patio interior pidiendo ayuda.

Eso alertó más aún a los policías, que trataron de echar la puerta abajo. Aunque parecía sólida, era cuestión de tiempo que la derribaran.

Corrí hacia el interior de la casa, de donde ya había desaparecido la mujer detrás de alguna de las muchas puertas que rodeaban aquel típico patio cartagenero abarrotado de flores y con una fuente de azulejos en su centro. Muy bonito, sí, pero no había a dónde ir.

Las puertas de las habitaciones estaban cerradas y solo tenían salida a ese mismo patio, así que solo me quedaba una escapatoria: hacia arriba.

Una escalera de piedra llevaba hasta el piso superior, así que sin pensarlo dos veces la subí a toda prisa con la esperanza de encontrar un acceso hacia el tejado.

En tres zancadas me planté en la primera planta, pero de acceso al tejado nada de nada. Había media docena de puertas más, todas idénticas. Todas ratoneras. La única diferencia era que una de ellas estaba abierta de par en par, mostrando un enorme y tenebroso salón decorado con trofeos de caza en las paredes y una alfombra de piel de oso, con su cabeza y todo, en el centro del suelo.

Estupendo, pensé mientras entraba. Me he colado en la casa de un jodido cazador.

Y justo en ese instante, con un estruendo de madera rota, el portón de abajo terminó de ceder y los vociferantes policías irrumpieron en la casa.

Tenía menos de diez segundos y aquella sala solo tenía la puerta por la que acababa de entrar. Miré a mi alrededor, buscando inútilmente la armería del cazador, que debía de estar en una caja fuerte. También pensé en esconderme tras uno de los sofás o bajo la alfombra del oso… pero eso resultaba aún más estúpido que lo de la armería.

Resoplando, sin ideas ni escapatoria, me limité a alejarme de la puerta, rendido a la evidencia de que las cartas ya estaban repartidas y esta vez me habían tocado bastos. Me recosté en la pared cruzando los brazos con resignación, mientras oía los pasos de mis perseguidores subiendo por la escalera. Un inesperado chirriar de bisagras reveló que la pared en la que me apoyaba no era tal, sino la puerta de un balcón que en la penumbra del salón no había distinguido.

3

Me di la vuelta y encontré las manijas. Abrí los portillos de par en par, me asomé al balcón, y allí estaba el todoterreno de la policía aparcado frente a la puerta.

A mi espalda las voces llegaban ya del primer piso. Me encontrarían en unos segundos y, además, ahora sí tenían una excusa irrefutable para detenerme por allanamiento de morada, si es que la hubieran necesitado en algún momento. Si no quería acabar en una celda o alimentando a los tiburones de la bahía, no podía dejar que me atraparan.

El problema era que solo había solo una escapatoria.

De perdidos al río, me dije, encaramándome a la barandilla.

Lo siguiente que recuerdo es agitar los brazos en el aire como una gallina, antes de estrellarme estrepitosamente sobre el techo del Land Cruiser azul y rodar hasta el capó, llevándome por delante la sirena y la antena de radio, hasta terminar dando con mis huesos sobre el duro empedrado de la calle.

Al parecer todos los policías habían entrado en la casa, pues al incorporarme adolorido sobre los adoquines no vi a ningún otro agente en la calle.

Solo al mirar hacia arriba me encontré con cuatro cabezas asomadas al balcón mirándome con una mezcla de incredulidad y cabreo, mientras yo sostenía en la mano la sirena de policía que acababa de arrancar del techo.

–Perdón –alegué tontamente, dejando la sirena sobre el abollado capó del vehículo.

En ese instante, doblando la esquina de la plaza, apareció otro vehículo policial con la sirena aullando histéricamente.

Decidí no quedarme a comprobar si aceptaban mis disculpas y me lancé de nuevo a la carrera en la única dirección posible: hacia la muralla.

Esta vez tenía una ligera ventaja sobre mis perseguidores que, calculaba, me daría tiempo de llegar al final de la calle, donde una escalerilla de hierro pegada al muro invitaba a subir al Café Tropical, un bar de copas situado en lo alto de la muralla, en el que había estado alguna que otra vez.

Con el corazón en la boca ascendí los estrechos escalones de hierro forjado de dos en dos hasta alcanzar la entrada del local que a esas horas de la tarde ya empezaba a ocuparse de gente dispuesta a contemplar la idílica puesta de sol sobre el mar Caribe. Pero no estaba la cosa para atardeceres.

Con la respiración entrecortada y sudando a chorros en mi mejor camisa, me apoyé un instante sobre la barra del bar para recuperar el aliento. Lo justo para que se me acercara una guapa camarera ofreciéndome una sonrisa cálida y una cerveza helada.

Me faltó poco para mandarlo todo al carajo y decirle que sí. Pero el miedo fue más fuerte que la pereza y, excusándome con balbuceos, pasé por su lado y continué adelante.

Aunque ese adelante se terminaba a solo unos pasos más allá, donde terminaba la muralla. Diez o doce metros más abajo bullía el tráfico de la avenida Santander y, más allá, las olas se estrellaban contra los grandes bloques de hormigón que protegían la avenida de las embestidas del océano en la época de huracanes.

La situación era incluso más desesperada que antes, pues ahora se me había terminado la tierra firme. Sudamérica terminaba en esa escollera y yo ya no tenía a donde seguir huyendo.

Me asomé entre las almenas, comprobando que el único camino que me quedaba era lanzarme muralla abajo. Pero claro, eso supondría romperme la crisma contra el asfalto de la avenida, lo cual no terminaba de resultarme atractivo. Desolado, me dejé caer pesadamente sobre una de las mullidas tumbonas dispuestas para los turistas.

Un segundo después, un coche frenó estrepitosamente al pie de la escalinata, y los escalones de hierro retumbaron bajo el peso de media docena de policías colombianos cabreados.

Mierda.

Incorporándome de un salto, miré a mi alrededor

en busca de esperanza o un escondrijo, pero allí no había ni lo uno ni lo otro. Para colmo, a esas alturas la clientela del local ya me estaba observando con creciente suspicacia, así que mezclarme entre ellos tampoco era una opción.

Solo había una única entrada que era a su vez la salida… y la muralla que, aunque por su cara exterior estaba ligeramente inclinada, no tanto como para que rodar por ella no fuera una idea terrible. Tampoco había tuberías por las que descolgarse, ni presas en la pared a las que agarrarse, solo una irregular y resbaladiza pendiente de piedra de cuatro pisos de altura.

¿Por qué en las películas siempre hay una cañería o una enredadera a la que engancharse? Si al menos hubiera algo que amortiguara el golpe… pensé, estudiando la base de la muralla. Entonces me giré y me quedé mirando el lugar donde me había tumbado un momento antes.

–A tomar por culo –rezongué.

Sin pensarlo, arranqué la colchoneta de la tumbona y me encaramé al borde de la muralla. Cuando los primeros agentes alcanzaban la entrada del bar al grito de ¡alto a la policía!, me senté en la colchoneta y me lancé muro abajo como si fuera un jodido trineo.

4

Deslizándome sobre la irregular pared de la muralla de piedra como si de un tobogán se tratara, alcancé una velocidad terrorífica y de pronto aquello ya no me pareció tan buena idea.

El borde de la colchoneta se me escapaba de las manos y sentía que estaba a punto de perder el poco control que tenía de todo aquello. Si llegaba a caerme de aquel disparatado trineo, tenía todos los números de la rifa para empezar a dar volteretas hasta estamparme contra la calzada con todos los huesos rotos.

Alguien a mi espalda, desde lo alto de la muralla, gritó una orden que no logré entender. Ja, para obedecer órdenes estaba yo.

La minúscula franja de césped que separaba el muro de piedra del gris asfalto se acercaba cada vez más deprisa, y ya tensaba los músculos de los brazos y las piernas para amortiguar el impacto, cuando un último saliente de piedra me lanzó despedido antes de alcanzar el suelo.

Braceando di una incontrolada voltereta en el aire antes de estrellarme contra la calle y rodar sobre mí mismo, tratando de protegerme la cabeza con los brazos.

Finalmente, la inercia cesó y todo se detuvo, aunque dentro de mi cabeza el mundo seguía dando vueltas. Aturdido, levanté la cabeza justo a tiempo para descubrir que había terminado en mitad de la calzada y un desvencijado autobús se me echaba encima dando bocinazos.

Incapaz de moverme, no hice otra cosa que extender la mano hacia delante como para detenerlo, mientras los frenos del vehículo chirriaban sobre el asfalto y el parachoques de acero pulido se hacía cada vez más grande hasta ocultar el mundo entero. Cerré los ojos, apreté los dientes, y me preparé para el terrible impacto con el agudo gemido de los neumáticos taladrándome los oídos.

Pero tras un eterno segundo en que el tiempo se detuvo, nada sucedió. El autobús había frenado.

Abrí un ojo y descubrí que había terminado con la cabeza a menos de un palmo del parachoques. Por cuestión de centímetros no había terminado mis días como una mancha roja sobre el asfalto.

De las desgastadas ruedas del autobús salía un humo negro y apestoso de goma quemada. No bien había acabado de detenerse el vehículo, se abrió la puerta de un golpe y apareció el conductor; gordo, bigotudo, y santiguándose nerviosamente, más blanco que el papel de fumar.

–¡Ay, Dios mío! ¡Ay, Dios mío! –exclamaba llevándose las manos a la cabeza.

–Tranquilo, amigo –mascullé con una mueca de

dolor–. Estoy bien… creo.

El hombre miró a izquierda y derecha, confundido.

–Pero… ¿de dónde sale usted? ¿Qué le ha pasado?

–Yo… esto… creo que me he tropezado –dije poniéndome en pie trabajosamente.

Ignorando el gesto de desconcierto del buen hombre, me palpé el cuerpo para cerciorarme de que todo seguía en su sitio. Tenía la camisa y el pantalón destrozados, y una miríada de abrasiones y arañazos ensangrentados por todo el cuerpo que, en cuanto se me pasara el chute de adrenalina, me iban a escocer. Además, me dolían todos los huesos, incluido alguno que no sospechaba que tenía, pero milagrosamente no parecía tener nada roto.

Mientras tanto, varios pasajeros se habían bajado a curiosear y el conductor seguía hablando y gesticulando frente a mí, pero yo ya había dejado de prestarle atención. No podía perder tiempo dando explicaciones a aquel hombre, porque en ese momento buena parte de la mafia cartagenera y de la policía local estaría dirigiéndose exactamente hacia donde estaba yo.

–Mire, amigo –le dije, sosteniéndome en pie a duras penas–. Precisamente tenía que subir a este autobús. Así que… ¿por qué no nos ponemos en marcha y hablamos de todo esto por el camino?

–Eso no es posible, señor –alegó, negando con la cabeza–. Primero hay que…

Pero entonces, interrumpido por una salva de bocinazos de los coches que se habían ido acumulando tras el autobús, el hombre reaccionó y, viendo el jaleo que se estaba formando en la carretera y los desproporcionados improperios que le dedicaban, se encogió de hombros y señaló la puerta del vehículo.

Me derrumbé sobre el primer asiento que vi libre, haciendo caso omiso de las miradas intrigadas del pasaje. El dolor comenzaba a aparecer en la lejanía como una nube negra amenazante, así que cerré los ojos tratando de relajarme. Cosa nada fácil, dadas las circunstancias. En cuanto nos alejáramos un poco, me bajaría para tomar otro autobús o un taxi en dirección contraria y así despistar a los posibles perseguidores. Pero mientras tanto necesitaba ordenar mis pensamientos y contestar a una pregunta: ¿Qué cojones estaba pasando?

Llevaba semanas buceando en la misma zona. Así que ¿por qué precisamente hoy habían venido a por mí, justo el día en que había encontrado el pecio?

Quizá José Jaramillo me había traicionado. Pero entonces, ¿cómo podían estar esperándome, y qué sentido tenía que me hubiera advertido para que escapara? ¿Podría haber sido todo una simple casualidad?

No tenía respuesta y quizá nunca la tendría, pensé cerrando los ojos. La vida no es una película de misterio en que todas las dudas se resuelven al final.

Recostándome en el asiento del autobús, me

llevé la mano al bolsillo derecho del pantalón y eché a faltar el contundente peso de los tres doblones de oro.

Se habían quedado sobre el mostrador de El cofre de don José.

5

Subí a tres taxis diferentes tomando direcciones distintas para estar seguro de que nadie me seguía, hasta que decidí apearme del último frente a la esquina de Martí y Figueroa. Allí, en una pequeña tienda de ropa con las persianas a medio bajar, compré una gorra, unos pantalones nuevos y una camiseta, no tanto para despistar a la policía como para no llamar la atención de los transeúntes con una ropa hecha jirones y manchada de sangre. También me hubiera ido bien vendarme las heridas y afeitarme la barba de un mes que lucía, pero ya habría tiempo para eso más adelante.

Entré en un destartalado bar y me senté a la mesa más alejada de la puerta, bajo un fluorescente parpadeante y el calendario de un taller mecánico con una sonriente chica en bikini.

Con los dientes apretados para soportar el creciente dolor, así el cuello de una cerveza fría como a un báculo donde apoyarme, tratando de desentrañar la razón última que había desencadenado aquella locura.

Solo se me ocurrió la posibilidad de que de algún modo llevaran tiempo vigilando mis movimientos a la espera de que finalmente diera con el pecio del galeón, con la intención de meterme en un calabozo bajo cualquier excusa, sacarme a golpes su ubicación y terminar dándome matarile.

Esa posibilidad parecía ser la más probable. Aunque, de cualquier modo –pensé resignado, apurando de un largo trago mi cerveza–, a esas alturas ya no importaba demasiado. Solo esperaba que el pobre anticuario, que se limitaba a tasar la quincalla que le iba trayendo de vez en cuando, no sufriera las consecuencias de haberme advertido.

–Amigo –le dije al camarero tras la barra, señalando mi botella vacía–. Otra de estas cuando pueda.

Mientras me la iba a buscar, aproveché para ir al lavabo y hacer sitio a la siguiente ronda. Aún no estaba mareado, pero comenzaba a sentir el suave sopor del alcohol calmando mis nervios y difuminando preocupaciones.

Apenas había llevado la mano a la cremallera del pantalón cuando la puerta del retrete se abrió de golpe.

–¡Ocupado! –exclamé, notando el golpe en la espalda.

Pero en lugar de oír una disculpa, recibí otro golpe de la puerta aún con más fuerza.

–¡Joder! –rezongué molesto, dándome la vuelta y abriendo la puerta de par en par–. ¿Es que no ve que está ocupa…?

Lo último que recuerdo antes de que se me apagara la luz, es el puño del gigantón rubio dirigiéndose hacia mi rostro como un tren de mercancías.

6

Un baldazo de agua fría se estrelló en mi cara y una vez más, por un instante, me faltó el aliento. Ya llevaban un buen rato alternando los golpes con el agua, y aquello había dejado de tener gracia.

El grandullón ejercía de maestro de ceremonias, sacudiéndome de lo lindo mientras yo permanecía atado a una silla de madera, en el oscuro sótano de una vieja casa en algún lugar de Cartagena de Indias.

Estaba claro que no era el calabozo de una comisaría, a pesar de que, apoyado en la pared del fondo junto al mulato compañero del gigantón, un oficial de la Policía Nacional de Colombia con su uniforme verde oliva, pelo canoso bajo la gorra de plato y cara de sapo amargado, me observaba con los brazos cruzados y la simpatía que dedicaría a una cucaracha correteando por su cocina.

–Podemos estar así toda la noche –dijo el mulato, estudiándose las uñas con aire de tedio.

–Ya le he dicho… –resoplé– que no me acuerdo de las coordenadas.

–Y tampoco de la contraseña del GPS de su barco.

–Tengo una memoria espantosa.

Un puñetazo en el estómago me dejó sin aliento. Eso no podía ser bueno para la digestión.

–Edwin no se va a cansar –señaló a su compañero–. Pero aquí el comisario Ansuátegui y yo tenemos mejores cosas que hacer, así que, si no quiere hablar ahora, les dejaremos toda la noche juntos para que se hagan amigos… y mañana seguro que habrá hecho memoria.

La sonrisa siniestra de Edwin me dejó claro que teníamos una idea bastante diferente de lo que significa hacerse amigos. Estaba claro que al segundo siguiente de que les diera las coordenadas del pecio o la contraseña del GPS en el que estaban marcadas, cualquiera de los tres sacaría su pistola y me descerrajaría un tiro en la cabeza. Que el mulato mencionara el nombre y graduación del policía, y que este no se hubiera ni inmutado, dejaba bien a las claras que no iba a salir nunca de ese sótano. Lo único que impedía que me hubieran matado ya era su interés por las coordenadas.

–Un trato… Les propongo un trato –ofrecí con la voz entrecortada.

–No está usted en posición de negociar ningún trato, señor Vidal. Díganos lo que queremos saber y le prometo que saldrá caminando por esa puerta. –Señaló a su espalda.

Mis cojones, pensé.

–Si me matan… –proseguí dirigiéndome al policía, que aún no había dicho ni media palabra– se quedarán sin el tesoro y todos perderemos. Pero si me dejan sacarlo… con discreción, nos podemos repartir el dinero y todos ganamos. Decenas de millones de dólares para cada uno –añadí, paseando la mirada por los tres–. Suficiente para que puedan retirarse en Suiza el resto de sus días.

–Yo no quiero ir a Suiza –objetó el grandullón.

–Cállate, Edwin –ordenó el mulato–. Aquí nadie va a ir a ningún sitio.

–Callaos los dos –croó el comisario.

Vale, ahora estaba claro quién mandaba.

–De acuerdo –añadió seguidamente.

–¿Qué? –preguntó el mulato, aún más sorprendido que yo–. Pero…

–Así lo haremos –prosiguió Ansuátegui, ignorándolo–. Empezaremos esta misma noche.

–¿Esta noche? –inquirí desconcertado–. No sé si…

El comisario dio unos pasos hasta situar su enorme cara a menos de un palmo de la mía. Olía a sudor y colonia barata.

–¿Prefiere seguir aquí con Edwin?

Le eché un breve vistazo de reojo.

–No mucho, la verdad.

–Pues esta misma noche nos llevará en su barco hasta el naufragio, y si nos muestra el lugar correcto le dejaremos vivir y podrá ganarse su platita. ¿Correcto?

Estaba cantado que si los llevaba al pecio me matarían en el mismo instante en que tuvieran la ubicación. Ellos lo sabían, yo lo sabía, y hasta esa cucaracha que llevaba un rato correteando por las esquinas del sótano, ocultándose entre las sombras, sabía que aquello era un paripé, una tragicomedia en la que todos sabíamos que nada era verdad. Pero bueno, puestos a palmarla, pensé, mejor en alta mar dando de comer a los peces que no en un sucio sótano dando de comer a las ratas.

–Trato hecho –escupí la sangre de la boca resultado del último puñetazo y asentí conforme–. Pero necesitaré un par de cosas.

Menos de una hora más tarde, nos dirigíamos en un *pick-up* de la policía hacia el puerto deportivo de Cartagena de Indias. En total éramos cinco ocupantes: el comisario en el asiento del copiloto, un submarinista de la policía nacional que habíamos recogido de camino y, flanqueándome a ambos lados en el asiento de atrás, el gordo y el flaco asegurándose de que no se me ocurría hacer alguna estupidez.

Recordé todas las escenas de película en las que el protagonista se encuentra en una situación parecida y sin embargo logra escapar con una coreografía de tortas, caminando hacia la cámara, mientras el vehículo explota detrás de él.

Aunque en mi caso y por la forma en que me miraban, estaba convencido de que si me daba por rascarme la nariz de forma brusca, me pegarían un tiro antes de decir esta boca es mía. Eso, en el caso de no haber tenido las manos atadas con bridas a la espalda.

Finalmente, el *pick-up* se detuvo en el pantalán número siete del puerto deportivo. Allí, apenas iluminado por la amarillenta luz de una farola distante, aguardaba amarrado de popa el *Carpe Diem*, un yate Fairlane de doce metros y el triple de años, con motor intraborda de ochenta caballos, camarote de proa, cocina y espacio suficiente como para considerarlo mi hogar de alquiler durante los meses que llevaba en Cartagena. En realidad, mi piso de Barcelona no era mucho más grande, así que no me había costado demasiado acostumbrarme.

Por suerte, el fulano que me lo alquiló dio por hecho que tenía la licencia de navegación que no llegó a pedirme. Mi limitada experiencia con lanchas a motor junto a un par de tutoriales en YouTube fue suficiente como para desenvolverme razonablemente bien con el pequeño yate por las tranquilas aguas costeras al suroeste de Cartagena.

Una ventaja de tener las manos atadas a la espalda es que resulta la excusa perfecta para escaquearte a la hora de trabajar. Así que, mientras Edwin y el submarinista –un joven con pinta de militar y corte de pelo a juego– descargaban los equipos de buceo del *pick-up* y los colocaban en la bañera de popa del *Carpe Diem*, yo me limitaba a mirarlos tranquilamente.

O al menos, todo lo tranquilo que se puede estar con el cañón de una pistola presionándome la espalda.

Cuando estuvo todo listo y cargado, los cinco subimos al yate. Solo entonces me cortaron la brida de las muñecas… para esposarme la mano izquierda a la rueda del timón.

–Empiezo a sospechar que no os fiais de mí –resoplé al oír el chasquido metálico.

–Llévenos al sitio –espetó el comisario, señalando la pantalla apagada del GPS–. Allí le soltaremos.

–No me hace falta el GPS –mentí como un bellaco para evitar que accedieran al listado de coordenadas del último lugar en el que había buceado–. Conozco el camino de memoria y para orientarme me basta con las estrellas –añadí, señalando a la Estrella Polar titilando sobre el horizonte.

El comisario me miró fijamente con sus ojos de sapo y pareció contar hasta diez mentalmente.

–Puede orientarse con la punta de la verga si así lo prefiere –increpó con una calma simulada–. Pero como intente alguna estupidez o no nos lleve hasta el oro… –se llevó la mano al revolver de su cinto– este va a ser su último paseo en barco.

Por un segundo estuve tentado de replicar que lo iba a ser de cualquier modo, pero decidí mantener un poco más la fantasía de que iba a cumplir su palabra. Total, cada uno intenta ser feliz como puede, ¿no?

En cambio, encendí el motor y empujé la palanca de gases suavemente, apuntando la proa de la nave en dirección a la bocana del puerto.

De tantas veces que lo había hecho, podría haber seguido el rumbo con los ojos cerrados: bordear la península de Barú hasta su extremo, dejar a la derecha el islote de Isla Bendita y poner rumbo doscientos ocho grados durante una hora a veinte nudos de velocidad. En total, dos horas de navegación relajada en la que por lo general solo tenía que preocuparme de esquivar las redes de pesca olvidadas a la deriva y a los piratas a tiempo parcial que deambulan por la costa caribeña colombiana a la caza de navegantes despistados. Ese día rezaba por tropezarme con cualquiera de los dos.

El fresco de la noche en altamar y el aburrimiento llevaron a mi indeseada tripulación a relajarse y buscar refugio en la cabina interior. Así que durante un instante de descuido, me dejaron solo al timón sin nadie escrutándome por encima del hombro.

No necesitaba nada más.

Como estaba esperando precisamente ese momento, tardé menos de diez segundos en encender el GPS, introducir la clave y borrar todas las coordenadas que había grabado en los últimos meses.

–¿Quién está con el españolito? –preguntó el comisario desde la cabina.

Nadie respondió.

–Edwin estaba al cargo –apuntó el mulato–. ¿Edwin?

Un segundo después, al sonido del váter le siguió el de la puerta del baño al abrirse.

–¿Sí, jefe?

El comisario Ansuátegui apareció como un rayo ante mí. Miró la pantalla del GPS y apretó el botón de la pantalla bajo la palabra «*waypoints*».

«0 resultados», apareció en la pantalla en blanco.

–La ha eliminado –afirmó amenazante, volviendo hacia mí su cara de batracio.

–¿Quién, yo?

–Se cree muy listo, ¿no? –añadió sacando el arma de su funda y apoyando la boca del cañón bajo mi mentón.

–Tengo las coordenadas del pecio aquí –dije, señalándome la sien con la mano libre–. ¿Quiere que le lleve o no? Estamos a menos de cinco millas.

El comisario amartilló el revólver y presionó aún más con el arma, obligándome a echar la cabeza hacia atrás. Ganas de usarla no le faltaban.

–Vuelva a hacer algo así –añadió entre dientes–, y le juro por mi madre que le vuelo la puta cabeza… aunque pierda el tesoro. ¿Entendido?

–Entendido –contesté, tragando saliva.

El clic del percutor al desamartillarse el arma permitió que volviera a latirme el corazón.

–¡Isaac! –gritó a continuación el comisario dirigiéndose al mulato, de quien finalmente averiguaba el nombre–. Usted tenía que vigilar a este marica –le acusó, blandiendo el revolver ante él–. Si vuelve a cagarla, usted también va a tener un grave problema conmigo, ¿me oye?

–Sí, comisario. Me encargaré personalmente –aseguró, dirigiendo una mirada asesina al rubio grandullón.

Pues sí que había buen rollito en el equipo de los malos, pensé. Con un poco de suerte igual acababan matándose entre ellos antes que a mí.

–¡Sargento! –exclamó ahora el comisario, dirigiéndose al joven militar–. Parece que ya estamos cerca, vaya preparándose.

–A la orden –contestó este, cuadrándose marcialmente.

7

Cuando el yate finalmente se detuvo, los cuatro se arremolinaron alrededor de la pantalla del GPS. El comisario sacó su teléfono y tomó una fotografía de las coordenadas.

–Nueve grados, cincuenta y un minutos, cincuenta y cinco segundos norte –recitó, leyendo la pantalla–. Setenta y cinco grados, cincuenta y un minutos, cincuenta y tres segundos oeste.

Luego me miró a mí, clavándome sus ojos saltones antes de preguntar:

–¿Es aquí?

Este era el momento clave. Si me iba a matar, lo haría ahora.

Apreté los puños.

–Aquí es –confirmé–. A unos veinte metros de profundidad.

El comisario parpadeó un par de veces, como si estuviera decidiendo qué hacer a continuación.

Se echó la mano al cinto, y para mi alivio sacó una pequeña llave y abrió las esposas.

–Prepárese. Bajará con el sargento.

Mi equipo de buceo aún estaba donde lo había dejado el día anterior, tirado de cualquier modo sobre la cama del camarote de proa. Me quité la ropa que llevaba encima y empecé a enfundarme el neopreno.

Me detuve un momento al caer en la cuenta de que no hacía ni veinticuatro horas que había dado con el pecio del galeón y había dado saltitos de alegría por la calle. Qué jodidamente lento pasa el tiempo cuando las cosas se tuercen.

Cuando salí del camarote, el sargento ya estaba en la bañera de popa equipado con un neopreno de camuflaje como los que usan los pescadores submarinos y estaba ajustándose el chaleco de flotabilidad y el cinturón de plomos.

Iluminados por las luces de cubierta, completamos el ritual de preparación bajo la atenta mirada del comisario y sus dos compinches, que nos observaban con la impaciencia de quien cree que a pocos metros bajo sus pies le espera una vida de lujo y riquezas.

Tras instalar el regulador y la botella de aire, me coloqué la máscara en el cuello y agarré las aletas, listo para lanzarme al agua.

–¿Qué es eso? –preguntó el comisario, señalándome el tobillo derecho.

Bajé la mirada y tardé un momento en comprender a qué se refería.

–Es mi cuchillo de buceo –aclaré–. Lo puedo necesitar.

–Nada de cuchillos.

Estiré la mano y lo desenfundé, mostrándole la hoja serrada de diez centímetros y la punta roma.

–No es un arma –alegué, mostrándosela–. Es solo para poder cortar si me engancho con una red o un cabo.

–Nada de cuchillos –repitió Ansuátegui.

–En fin… –Chasqueé la lengua, al tiempo que lo dejaba y agarraba el detector de metales.

A mi lado, quien iba a ser mi compañero de inmersión no solo llevaba un cuchillo –este sí con punta–, sino que además sacaba de su bolsa un fusil submarino con varios arpones.

–Por los tiburones –explicó al ver mi gesto de asombro–. Por aquí hay muchos y cazan de noche.

–Ya, pero si le clavas eso a uno y le haces sangrar vendrán por docenas. Entonces sí que tendremos un problema.

Con una sonrisa torcida, tensó la goma del fusil y colocó uno de los arpones en el cañón.

–Me arriesgaré –dijo esquivando la mirada, y comprendí que ese arpón no era en realidad para los tiburones.

–Déjense ya de babosadas y láncense al agua –apremió el comisario dando unas palmadas–. No tenemos toda la noche.

Miré a mi alrededor una última vez y levanté la vista hacia las estrellas en aquella noche sin luna, preguntándome si tendría ocasión de volver a verla otra vez. Respiré hondo, ceñí la correa del Excalibur a mi muñeca, me coloqué la máscara en el rostro y el regulador en la boca y, presionando ambos con la mano libre, di el paso de la oca por la borda, dejándome caer hacia la oscuridad.

De inmediato y resiguiendo el cabo del ancla, inicié el descenso seguido del sargento a menos de un metro. Estaba claro que no iba a permitirme alejarme mucho más.

También estaba seguro de que en cuanto comprobase que realmente el tesoro estaba allí, yo sufriría un desafortunado accidente de pesca con un arpón atravesándome el pecho por la espalda.

No pintaba bien la cosa, para qué engañarnos.

En menos de un minuto alcanzamos el fondo y sin perder tiempo conecté el magnetómetro y comencé a rastrear el lecho arenoso, mientras que con la otra mano iba barriendo los alrededores con el foco de la linterna.

De reojo podía ver al sargento flotando un poco por detrás y por encima de mí, alternando su atención entre mi búsqueda y la oscuridad que nos envolvía. En una noche de luna llena, a esa profundidad y en esas aguas tan transparentes, habría habido suficiente luz como para bucear sin necesidad de linternas, pero esa noche no era el caso.

Miríadas de pequeños puntitos blancos se arremolinaban frente al haz de luz, como motas de polvo ante las rejillas de una persiana. Organismos microscópicos que servían de comida a los peces del arrecife, que a su vez eran alimento para los tiburones que patrullaban la zona sigilosamente. El ciclo de la vida y la muerte, el pez grande que se come al pequeño y todo eso. Me pregunté en qué punto de la cadena trófica me encontraba yo en ese momento. La amarga realidad era que no muy arriba.

Noté un toque en el hombro y me volví para encontrarme al sargento sin nombre indicando en su reloj que el tiempo iba pasando.

No se me ocurrió la manera de explicarle por gestos que, aunque estábamos en las coordenadas correctas, la pequeña banderita señalando el lugar podía estar en un radio de varios cientos de metros a la redonda. Así que me limité a abrir las manos en el gesto internacional de «hago lo que puedo» y seguí a lo mío. Llevábamos botellas de veinte litros llenadas a doscientas atmósferas de presión, así que aire tendríamos para un buen rato.

En el límite de la visibilidad, una sombra gris cruzó rauda por mi izquierda a menos de cinco metros. Fue menos de un segundo, pero suficiente como para identificar la inconfundible forma aerodinámica y el pozo negro de un ojo de tiburón estudiándonos con interés. Ya estaban allí.

A pesar de la innegable belleza y la alucinante vida que solo podía observarse por la noche, nunca me había gustado demasiado bucear a oscuras. Y menos aún con tiburones de varios metros nadando a mi alrededor y un tipo armado con un arpón a mi espalda.

De pronto el detector de metales lanzó su penetrante pitido de advertencia. Enfoqué hacia abajo la linterna, pero ni rastro de la banderita. Rastreé en círculos sobre la arena con el detector de metales. Los pitidos se multiplicaron y aumentaron en intensidad. Aquello debía ser más que un puñado de monedas.

Dejando el Excalibur a un lado, me agaché sobre el fondo y aparté la arena con la mano, pero poco lograba mientras con la otra tenía que sujetar la linterna.

Me volví hacia el sargento, y con gestos le pedí que iluminara la zona para tener ambas manos libres. Comprendió al instante y, situándose frente a mí, apuntó su luz hacia mi pequeña prospección.

Al no contar con una manga de succión, la mayor parte de la arena que iba retirando terminaba flotando en el agua, dificultando la visibilidad. Pero no había otra manera de hacerlo, así que seguí apartando arena a dos manos hasta que algo me detuvo.

Atravesando la nube de arena y sedimentos, la luz de la linterna se reflejó en algo que había ahí abajo arrancando un destello metálico. Un destello dorado.

Estiré el brazo y palpé el lugar hasta tropezar con un objeto hundido en la arena. Tiré de él con ambas manos y sin esfuerzo extraje algo que sostuve a menos de un palmo frente a mi rostro, para poder verlo bien. Durante un par de segundos me quedé paralizado de la sorpresa, intentando discernir si era real o sufría algún tipo de delirio.

En mis manos sostenía una gruesa cadena de oro que sería el sueño húmedo de cualquier rapero de los noventa. Así a ojo, no menos de cuatro kilos de relucientes eslabones de un centímetro cada uno. O dicho de otro modo, unos doscientos mil euros de oro macizo, y eso sin tener en cuenta su valor histórico, que haría que como poco doblase su precio en una subasta.

Cuando finalmente fui capaz de apartar la vista de la cadena, me tropecé con los ojos del sargento contemplándola con el inconfundible brillo de la codicia destellando en sus pupilas.

Alargué el collar hacia él, como haciendo una ofrenda a un dios avaricioso.

Absorto por la simple y sólida belleza de aquella extraordinaria pieza de oro, el sargento se aproximó para tomarlo y, cuando su mano estuvo junto a la mía, le agarré con fuerza y tiré de él hacia mí.

Tomándolo con la guardia baja y antes de que tuviera ocasión de reaccionar, le arranqué la máscara de buceo de un manotazo y me abalancé sobre su otra mano, con la que sostenía el fusil submarino.

Por desgracia, en el agua los movimientos del cuerpo humano pueden resultar desesperadamente lentos y, saliendo rápidamente de su sorpresa inicial, al sargento le dio tiempo de girar sobre sí mismo y escamotear su arma.

Sin la máscara no podía verme claramente, pero sí lo suficiente como para dispararme a tan corta distancia, así que tras fallar en mi intento de desarmarlo no me quedó más remedio que levantar una buena polvareda aleteando sobre el fondo para salir de su rango de tiro.

Pero de nuevo no fui lo bastante rápido y, aun a ciegas, el sargento disparó su fusil en mi dirección.

Una décima de segundo después de oír el *flop* de la goma del fusil al destensarse, sentí cómo la punta del arpón desgarraba el neopreno y me provocaba un lacerante dolor en el costado derecho.

8

El afilado arpón solo me había rozado, pero aun así había rasgado el neopreno y abierto una herida de varios centímetros de largo, justo encima de la cadera derecha, por la que comenzó a manar sangre.

El dolor era intenso, pero la adrenalina que circulaba por mis venas lo relegó a la categoría de molestia, y mi parte consciente estaba demasiado ocupada como para preocuparse. Ya lo haría más tarde, cuando doliese de verdad. Si es que llegaba vivo a ese momento, claro.

No era una herida lo bastante grave como para desangrarme, pero ese no era el problema. El problema eran los tiburones que intuía dando vueltas a mi alrededor en la oscuridad. En cuanto olieran la sangre, vendrían a por mí.

Aun así, el problema más inmediato llevaba neopreno de camuflaje y un fusil submarino que a esas alturas quizá ya habría vuelto a cargar.

Si me quedaba cerca, me acabaría encontrando y rematando.

Si subía a la superficie, los del barco harían lo propio.

Si trataba de alejarme buceando o nadando los ocho kilómetros que me separaban de la isla de Tintipán, los tiburones se encargarían de mí antes de que ganara la costa.

Había tenido días mejores, eso estaba claro.

Presioné la herida con la mano para reducir el flujo de sangre y traté de mantenerme fuera del alcance del sargento ascendiendo unos cuantos metros.

Descubrí que se encontraba debajo de mí, de rodillas sobre el lecho marino, rastreando la arena con su linterna y rodeado de una nube de arena en suspensión. Tardé un instante en comprender qué hacía: buscaba su máscara de buceo.

Si la encontraba, iba a estar jodido. Así que, sin pensarlo demasiado, me lancé en picado hacia él como un halcón hacia un conejo. Tenía que actuar rápido.

Estaba a menos de cuatro metros sobre él, pero como en el agua todo va más lento que una película francesa, al fulano le dio tiempo de levantar la mirada y alumbrarme con la linterna. Calculando que yo estaba demasiado cerca y no le iba a dar tiempo de apuntarme con el fusil, alargó la mano derecha hacia el tobillo y desenfundó su cuchillo de buceo, cuya enorme hoja reflejó la luz de la linterna.

Ahora ya no tenía tan claro quién era el halcón y quién el conejo.

Colgando de la correa en mi mano izquierda, sin embargo, aún llevaba la linterna apagada, y cuando estuve a menos de un metro de distancia la encendí apuntándole directamente a los ojos.

El sargento se vio obligado a cerrarlos por un instante y eso fue todo lo que necesité para dar un fuerte aletazo y colocarme a su espalda.

Antes de que pudiera reaccionar, agarré el grifo de su botella y girándolo rápidamente le cerré el paso de aire.

El sargento se dio cuenta de lo que le había hecho en su siguiente inspiración, cuando al respirar descubrió que de su regulador no salía nada.

Trató de zafarse de mí sacudiéndose, girando sobre sí mismo como un toro en un rodeo, pero yo estaba bien sujeto a su grifería y esta vez la lentitud de movimientos en el agua me favoreció.

Desesperado, el infeliz lanzaba cuchilladas al aire que apenas me costó esquivar, mientras que con la mano izquierda trataba de abrir el regulador detrás de su nuca, dando manotazos cada vez más torpes y fútiles.

Apartándole la mano del regulador como a un niño que quiere catar su pastel antes de soplar las velas, me sentí despreciable como nunca me había sentido en mi vida. Ver a un hombre ahogarse es horrible, pero ser uno mismo quien lo está ahogando a conciencia mientras notas cómo sus fuerzas y su vida se apagan es algo que sabes que te va a producir pesadillas el resto de tus días. Ni tan solo que él hubiera intentado matarme primero aligeraba el cargo de conciencia. Pero era él o yo, blanco o negro, sin grises de por medio. La vida es una mierda, pero puestos a elegir prefiero ser yo el que siga respirando.

Finalmente, el sargento dejó de debatirse. Al soltarlo, se hundió lentamente con el haz de la linterna que llevaba sujeta a la muñeca bailando al azar, hasta que terminó aterrizando justo al lado del collar de oro que le había costado la vida. Definitivamente, hay alguien por ahí arriba con un negro sentido del humor.

Poco a poco fui recuperando el aliento y las pulsaciones tras el esfuerzo. La herida del costado irradiaba dolor a cada respiración, pero de momento resultaba soportable. Encendí mi linterna y enfoqué la herida.

El arpón se había llevado por delante un buen pedazo del neopreno y dejado a la vista un corte no demasiado profundo del tamaño de mi dedo índice. No me iba a morir de eso, pero la sangre no dejaba de manar como una tenue hilacha de humo rojo, como tocando la campana del almuerzo a todos los escualos en una milla a la redonda. Bien pensado, igual sí que me iba a morir de eso.

Tenía que hacer algo para taponar la herida, pero no se me ocurría cómo… hasta que reparé en el cadáver que yacía a mis pies.

Gracias al cuchillo del sargento, pude cortar una manga de su neopreno y usarlo como una venda compresiva sobre la herida. No solucionaba el problema, pero al menos reducía el sangrado y, la verdad, no se me ocurría qué otra cosa podía hacer.

Comprobé que la aguja del manómetro señalaba cien atmósferas aún. De modo que al menos el aire, de momento, no era un problema. Y además contaba también con la botella del difunto, que por lo menos debería tener otro tanto.

Eso me daba algo de tiempo para pensar qué hacer a continuación. Aunque mis opciones en realidad no eran muchas, así que de un modo retorcido eso facilitaba bastante la toma de decisiones.

Podía alejarme buceando en dirección a la isla de Tintipán, con la esperanza de que los tiburones me lo permitieran. Calculé que en circunstancias normales me llevaría de dos a tres horas nadando. Pero, entre el cansancio que llevaba acumulado y la herida, cuatro o cinco horas era una estimación más realista.

Cuatro o cinco horas nadando con una herida abierta en unas aguas infestadas de tiburones. Mala idea.

La otra posibilidad, sin embargo, era aún peor.

El *Carpe Diem* flotaba a veinte metros sobre mi cabeza pero, a menos que se hubieran matado entre ellos en mi ausencia, ahí debían de seguir los tres fulanos esperando tranquilamente, armados y con ganas de apretar el gatillo.

Mi única ventaja era que no podían saber lo que acababa de pasar, pero en el momento en que la cabeza que asomase del agua fuera la mía y no la del sargento, les resultaría fácil imaginarlo y pegarme un tiro a modo de agradecimiento. Daba igual lo que les dijera o alegara, en cuanto me vieran sería hombre muerto.

Mis probabilidades de supervivencia si me enfrentaba a ellos eran muy cercanas a cero, pero prefería eso a servir de cena a los tiburones.

Tomada la decisión, registré el chaleco del sargento e hice un repaso del material que tenía a mi disposición: un cuchillo, un puñado de bridas, dos botellas de aire a medias, un arpón de pesca, una pequeña boya de buceo con treinta metros de cordel, dos cinturones de plomos, un detector de metales y un collar de oro de veinticuatro quilates.

Ah, y un cadáver.

9

Veinte minutos después, con el chaleco de flotabilidad hinchado al máximo, el cuerpo del sargento emergía junto a la popa del *Carpe Diem*.

–¡Comisario! –prorrumpió Edwin, enfocando su linterna hacia el cuerpo inerte–. ¡Mire! ¡Ahí!

Dos haces de linternas alumbraron el cadáver, que flotando boca abajo interpretaba estupendamente el papel de muerto.

–¡Maldito joeputa! –bramó Ansuátegui soltando un puñetazo contra la regala, quién sabe si dirigiéndose a mí o al difunto, por dejarse matar.

–Tiene algo en el cuello –advirtió Isaac con extrañeza–. Parece… ¿Eso es un collar de oro?

–¡Traigan el bichero! –ordenó el comisario pero, al ver que sus dos compinches intercambiaban una mirada de ignorancia, señaló la pértiga extensible de aluminio con un gancho en el extremo que colgaba de la pared–. ¡El palo ese, güevones!

Obediente, Edwin se hizo con ella y bajó a la plataforma de popa a ras de agua. Alargó el bichero hasta engancharlo en el cuerpo, que atrajo hasta tenerlo al alcance de la mano. Bajo la luz de las linternas del comisario e Isaac, dio la vuelta al cuerpo , y se agachó para hacerse con el collar.

–Está enredado con algo –protestó Edwin, inclinándose hacia delante en la plataforma, como para desengancharlo.

Seguro que no se esperaba que de debajo del ahogado aparecieran dos manos que lo agarrasen con fuerza de las muñecas y tirasen de él, haciéndole caer de cabeza al agua.

Vi la expresión de sorpresa y miedo en el rostro del gigantón un instante antes de que se sumergiera y lo atara con bridas al cinturón de plomos del sargento.

Antes de que saliera del shock y se diera cuenta de lo que acababa de pasar, el desgraciado ya estaba hundiéndose hacia el fondo, incapacitado para nadar y con diez kilos de plomo enganchados a la muñeca. Abriendo la boca en un mudo grito de angustia, dejó escapar un reguero de burbujas de aire mientras pataleaba desesperado, tratando inútilmente de regresar a la superficie. En menos de cinco segundos, sus ojos desorbitados se perdieron en las profundidades, dejando atrás una expresión de incomprensión y furia.

El remordimiento de conciencia por matar a otro ser humano me duró los escasos instantes que tardaron las primeras balas en surcar el agua.

Sabía que a partir de un metro de profundidad estaba a salvo y las balas eran tan peligrosas como gominolas, así que me situé bajo la quilla del barco y esperé a que se cansaran o agotaran la munición.

Cuando comprendieron la inutilidad de sus disparos, rastrearon con sus linternas la superficie del agua. Pero así tampoco me iban a encontrar.

Cuando también se cansaron de eso, me deslicé bajo la quilla hasta alcanzar la proa, donde era casi casi imposible que me vieran, y saqué la cabeza del agua.

Aunque no lograba distinguir las palabras los oí discutir entre ellos, imagino que debatiendo qué hacer a continuación. Una discusión que duró bastante poco, pues rápidamente llegaron a la única conclusión lógica.

El collar de oro alrededor del cuello del sargento les indicaba que el tesoro estaba ahí mismo, bajo sus pies, así que solo tenían que largarse y regresar otro día tranquilamente, con la esperanza de que se ocuparan de mí los tiburones.

La otra opción era pedir ayuda por radio a la guardia costera, pero estaba seguro de que no querrían tener que dar explicaciones de por qué estaban allí, en mitad de la noche y en un barco que no era suyo.

Al cabo de un momento, recogieron el ancla y oí cómo ponían en marcha el motor del Carpe Diem y empujaban a fondo la palanca de gases.

Pero el barco no se movió un milímetro.

–¡La gran puta! –oí proferir al comisario–. ¡Qué mierda pasa ahora!

–¡No nos movemos!

–¡Ya sé que no nos movemos, idiota!

–No se ponga berraco, comisario.

–¡Me pongo como me sale de los cojones! –rugió–. ¡Averigua qué pasa!

–¿Y cómo quiere que lo averigüe? ¡No soy mecánico!

–Esto es cosa del español culicagao. ¡Seguro!

Oculto en el agua, sonreí satisfecho bajo la máscara de buceo.

Los treinta metros de cordel de la boya estaban enredados en la hélice del yate. Mientras siguiera ahí, no iban a ir a ningún sitio.

–¡Españolito! –gritó el comisario a la oscuridad desde la popa–. ¡Arregla lo que has hecho o llamaré por radio a los guardacostas! ¡¿Me oyes?! ¡Sé que me estás oyendo, marica! ¡No te vas a salir con la tuya!

Los dos hombres se encontraban junto a la escalerilla de popa, custodiando el único acceso a la cubierta del barco. No tenían manera de saber que unas semanas antes me había olvidado de colocar la escalerilla antes de lanzarme al agua y me había costado dios y ayuda trepar por el cabo del ancla. Desde ese día, dejaba un cabo con varios nudos colgando desde la proa hasta el agua, lejos de la hélice, por si me volvía a pasar.

Así que, mientras ellos daban voces por la popa, rastreando el agua con las linternas y asegurándose de que no subía a bordo, yo me deshacía del equipo de buceo, lo ataba al cabo de proa y trepaba sigilosamente con el arpón a la espalda.

El dolor en el costado me hizo apretar tanto los dientes que pensé que me los iba a romper, pero finalmente logré alcanzar la barandilla de proa y desde ahí encaramarme hasta cubierta. Moviéndome con parsimonia para no hacer ningún ruido, alcancé la escotilla de mi camarote, que tenía la costumbre de dejar siempre abierta.

La cabina del yate se interponía entre los dos colombianos y yo, así que no me verían a menos que vinieran a la proa a propósito. Pero ellos seguían a lo suyo, jurando por lo más sagrado que no iban a hacerme nada si me rendía y subía al barco. Casi me dio la risa. Eran como los malos de una película cutre de domingo por la tarde.

Mientras tanto, como un ninja de medio pelo, me descolgué por la escotilla hasta alcanzar con los pies la cama que había dejado sin hacer esa misma mañana.

El camarote estaba sumido en la más completa oscuridad y de forma instintiva estiré la mano en busca del interruptor de la luz. Por suerte me detuve a tiempo, con el dedo índice a pocos centímetros de su objetivo. La neurona de guardia en mi cerebro me había salvado de cagarla de la forma más estúpida posible.

El problema que no había anticipado era que el interior del camarote estaba realmente oscuro y la puerta que daba al pequeño salón se encontraba abierta, así que, si encendía la linterna o cerraba la puerta y a la bisagra le daba por chirriar, me descubrirían.

No me quedaba más remedio que moverme a tientas.

Amparado en esa misma oscuridad, asomé la cabeza por la puerta para comprobar cómo el comisario Ansuátegui e Issac seguían en la bañera de popa de la nave, incapaces de imaginar que yo ya me hallaba a bordo, apenas a diez metros de ellos.

El que mi camarote fuera un completo desorden de ropa, libros y equipo no ayudaba a la hora de encontrar las cosas a oscuras. Haciendo memoria, delimité la zona donde debía de encontrarse lo que había ido a buscar y, con toda la calma que fui capaz de reunir, me puse a registrar la estantería de babor. Deslicé los dedos sobre la estantería como un pianista temeroso, identificando los objetos por su textura: libro, camiseta, computadora de buceo, e-book, botella de cerveza vacía, caja de kleenex (no preguntes), revista y… tachan: caja de plástico rígido.

Explorando su forma y dimensiones con la yema de los dedos, comprobé satisfecho que era lo que estaba buscando. Una caja de plástico hermética de unos treinta centímetros de lado de color naranja fosforito –aunque no lo viera– con el logotipo ORION serigrafiado en la tapa. Aguantando la respiración solté los cierres de seguridad con un leve clic, la abrí e introduje la mano para encontrarme en su interior con la inconfundible forma de una pistola. Una pistola de bengalas, eso sí. Pero no estaba la noche como para ponerse exquisito con los detalles.

A tientas, agarré uno de los cartuchos de la caja, abrí el cargador de la pistola e introduje el cartucho en la recámara. Solo podía cargar uno a la vez en esa pistola de plástico, así que tendría que usarla con cui…

–*¡Cling!*

Sin darme cuenta, la culata del fusil submarino que llevaba a la espalda había rasgado las cuerdas del ukelele que descansaba sobre la cama. Y como no podía ser de otra manera, dejó escapar un acorde que en el silencio de la nave sonó como un despertador.

10

Al instante, los haces de las linternas se volvieron en mi dirección, iluminándome perfectamente a través de la puerta abierta del camarote.

Durante un par de segundos me quedé paralizado, como un ciervo deslumbrado por los faros de un coche en mitad de la carretera. Y sospecho que los dos colombianos se quedaron tan sorprendidos de verme allí dentro que tampoco fueron capaces de reaccionar.

Por un momento, por mi cabeza pasó la alocada idea de que, al llevar puesto el neopreno negro y haberme quedado completamente quieto, quizá no me habían visto.

–¡El joeputa está dentro! –rugió finalmente el comisario, desenfundando su arma.

Pues sí, me habían visto.

Apenas tuve tiempo de lanzarme al suelo cuando las balas comenzaron a acribillar el camarote, atravesando los finos tabiques de madera del yate como si fueran de papel, lanzando astillas en todas direcciones y haciendo saltar por los aires la espuma del colchón.

Los dos tipos dispararon casi al unísono desde la popa, lo que me permitió sobrevivir acurrucándome tras dos botellas de buceo vacías que hicieron las veces de parapeto. En un par de ocasiones las balas impactaron con estrépito en el acero de las botellas; dos balas que, de no haberse interpuesto diez milímetros de acero inoxidable, me habrían dado de lleno.

Lo que a mí me pareció una eternidad en realidad fueron solo unos segundos de tiroteo, hasta que vaciaron los cargadores de sus pistolas semiautomáticas. Yo estaba hecho un ovillo en el suelo del camarote, con los ojos cerrados y las manos tapándome los oídos, rezando para que no me acertaran, cuando de pronto se hizo el silencio. A causa del estruendo me había quedado temporalmente sordo.

Abrí los ojos y vi que los focos de las linternas se movían nerviosamente. No oía sus pasos, pero supe que estaban viniendo a por mí para rematar la faena.

Solo podía hacer una cosa.

Estirándome en el suelo me asomé por el vano de la puerta. Las dos linternas me enfocaron al instante pero, antes de que tuvieran tiempo de dispararme, apunté en su dirección con la pistola de bengalas y apreté el gatillo. El proyectil atravesó el pequeño salón del barco como una estrella fugaz y alcanzó al comisario, que emitió una exclamación de sorpresa. La bengala estalló en una explosión de luz roja, como una pequeña supernova en mitad del yate, deslumbrándolos a ambos, que de forma instintiva se cubrieron los ojos con un antebrazo mientras que con la mano de la pistola apuntaban en mi dirección. Pero durante unos segundos no podrían verme.

Esa iba a ser mi única oportunidad.

Me incorporé de un salto, saqué el fusil submarino, –apenas entreabriendo los ojos para no quedar cegado yo también–, apunté a bulto a los dos hombres, de los que apenas me separaban cuatro metros de distancia, y disparé el arpón.

–¡Ay! –exclamó Isaac–. ¡El joputa me hirió!

Antes de que terminara la frase, yo ya me abalanzaba hacia ellos como un miura irrumpiendo en la plaza de toros. Con la cabeza baja y los brazos por delante, tomándolos de nuevo por sorpresa, impacté contra los dos como un defensa de rugby, haciéndoles caer de espaldas sobre la bañera de proa.

La bengala roja seguía ardiendo como un pequeño sol a mi espalda, así que vi claramente al comisario a mi derecha con la pistola en alto y gesto de sorpresa, y a mi izquierda a Isaac, agarrando con ambas manos el arpón que le atravesaba el muslo.

La única arma a la vista era la del comisario, así que ese se convirtió en mi objetivo. Aprovechando que se hallaba aún cegado por la bengala, me coloqué a horcajadas sobre él y agarré su arma con las dos manos. Forcejeó y giró sobre sí mismo, mascullando insultos entre dientes, intentando librarse de mí. Tenía más fuerza de lo que había sospechado y yo estaba demasiado débil, así que la cosa no iba bien. Además, había perdido de vista a Isaac.

Al acordarme del mulato, miré a mi izquierda un instante y vi cómo se había puesto a cuatro patas y parecía estar buscando algo por el suelo de la bañera.

Su pistola.

Mierda.

Tenía que hacer algo rápidamente.

Por un segundo pensé en lanzarme de nuevo al agua y recuperar el equipo que había dejado atado al cabo de proa. Pero, aunque lo lograse, ya no podría repetir la misma jugada.

Había apostado todas las fichas al rojo y estaba a punto de salir negro, pero la bolita ya estaba dando vueltas en la ruleta y el crupier había anunciado el «no va más».

Aquel *status quo* iba a durar lo que tardara Isaac en encontrar su arma, o golpearme por la espalda si no la hallaba. Si no lograba cambiarlo, en cuestión de segundos estaría muerto.

Entonces recordé que llevaba el cuchillo de buceo del sargento en la funda del tobillo derecho. Pero para hacerme con él debía soltar la mano derecha de la pugna por la pistola y entonces Ansuátegui recuperaría el control de su arma y ahí se acabaría todo.

Qué bien me habría venido tener una tercera mano en ese momento.

Aunque, por otro lado…

Adelanté la pierna derecha y, aunque al instante perdí el equilibrio y caí de lado, conseguí golpear la pistola con la planta del pie. Agarré el cuchillo de mi tobillo y, antes de que el comisario pudiera oponerse, le coloqué el filo en la garganta.

–¡Suelte el arma! –le grité a un palmo del oído.

Vista mi precaria posición, el comisario siguió forcejeando.

–Suelte el arma o le rajo el cuello –insistí resollando, y para darle fuerza a mis palabras apreté el cuchillo contra su garganta.

Supongo que captó la desesperación en mi voz o comprendió que no iba a poder liberarse, apuntarme y disparar antes de que le seccionara la yugular. El caso es que dejó de forcejear y su pistola cayó con un golpe sordo al suelo.

Aunque el alivio me duró lo que tardé en descubrir que Isaac ya había encontrado su arma debajo de la rueda del timón y desde allí, apoyándose en la regala, me apuntaba a la cabeza con un rictus de dolor subrayado por la luz roja de la bengala que agonizaba en cubierta.

–Dígale que suelte el arma –le ordené al comisario.

De nuevo dudó, evaluando la situación y calculando probabilidades.

Apreté el cuchillo sobre la nuez del comisario a modo de incentivo.

–Baje el arma… –tragó saliva con dificultad–. Isaac, baje el arma.

–Me chupa la verga lo que quiera ese marica.

–Suéltela –insistió el comisario.

–¡Lo mataré! ¡Juro que lo mataré! –le aseguré todo lo amenazante que pude.

Para mi sorpresa, los labios de Issac se estiraron en una inesperada sonrisa.

–Mátelo pues, españolito –rezongó–. ¿A qué espera?

Vale, esa no la vi venir.

–Isaac… –dijo el comisario, a medio camino entre la advertencia y la súplica.

–Si me matas –argüí por mi parte–, no podrás liberar la hélice y morirás desangrado antes de que lleguen a rescatarte.

–Me arriesgaré. –Sonrió de nuevo, cerrando el dedo sobre el gatillo.

Ese cabrón iba a dispararme hiciera lo que hiciese.

Y luego mataría también al comisario.

Comprendiendo que ya era hombre muerto, cerré los ojos y me consolé pensando que, a pesar de todo, no había tenido una mala vida.

Y sonó el disparo.

11

Por un instante se produjo un silencio inapelable, aplastante. Como el que sucede al inesperado impacto de un rayo a pocos metros.

Pero el dolor no llegó y pensé que aquello no tenía sentido, teniendo Isaac un tiro tan fácil.

Sinceramente confuso por estar vivo, abrí los ojos. Mi extrañeza no hizo sino aumentar al verlo derrumbado en el suelo, con los ojos abiertos como platos en una última mirada de desconcierto. En el suelo, junto a su mano inmóvil, descansaba el arma.

–Joeputa… –mascullló el comisario.

Hasta ese momento no me di cuenta de que en la mano derecha sostenía su pistola humeante, apuntando aún hacia el cuerpo inerte del mulato, desde cuyo pecho se expandía una mancha densa y roja de sangre.

–Marica… –añadió.

El policía parecía ignorar mi presencia, aunque mi cuchillo estaba aún a pocos centímetros de su cuello. Toda su atención y rabia estaban concentradas en el cadáver de su excompinche.

–Gonorrea…

Al terminar con Isaac, el comisario había alterado nuestro precario equilibrio de poder, y comprendí que aquella era mi oportunidad, mientras estaba distraído, para seccionarle la garganta y terminar con todo.

Presioné de nuevo el cuchillo mientras con la mano izquierda le aferraba la muñeca derecha, con la que sostenía el arma.

–Suelte la pistola, comisario –dije en voz baja, casi como si estuviera pidiéndole un favor.

Se volvió hacia mí y por un momento pareció casi extrañado de mi presencia. Como si esperara que ya me hubiera marchado.

–Me matará si lo hago –alegó tranquilamente.

–Le mataré si no lo hace –aclaré.

Me miró largamente con su cara de sapo, evaluándome una vez más, tratando de decidir si yo tendría las agallas para degollarle a sangre fría.

–Ya ha muerto demasiada gente hoy –dije, negando lentamente con la cabeza–. Por favor…

Cara de sapo pareció recordar entonces que ya había matado a dos de sus secuaces y, con un suspiro exhausto, abrió la mano y dejó caer el arma.

Mentiría si dijese que en ese momento no se me pasó por la cabeza acabar con la vida de ese malnacido, pero comprendí que hacer algo así, a sangre fría, me cambiaría para siempre. Me convertiría en un asesino, en alguien como él.

Mi lista de errores cometidos en la vida era muy larga, pero no quería añadir a la misma el homicidio premeditado.

Incorporándome lentamente, sin bajar la guardia ni perderle de vista un instante –que dios dijo hermanos, pero no primos–, agarré la pistola del suelo y la lancé por la borda. Tiré también el arma de Isaac, viéndome obligado a pisar la creciente mancha de sangre del desgraciado y dejando pisadas rojas sobre el suelo blanco de fibra de vidrio.

–¿Y ahora qué? –preguntó Ansuátegui, apoyándose en los brazos para alcanzar a sentarse en el banco de madera de la bañera.

Aquella era una muy buena pregunta, sí señor.

La primera respuesta que me vino a la mente fue un sincero «ni puta idea». Pero me contuve.

En su lugar me fui a sentar en el lado opuesto, frente a él.

–Puede quedarse el tesoro –le dije.

El tipo se quedó tan desconcertado que su expresión adquirió un aire casi de dibujo animado.

–¿Cómo dice?

–Solo quiero regresar a casa y estar con la gente a la que quiero –confesé–. Buscar el tesoro del *Tomasito* tenía que ser una aventura, no... esto –agregué, señalando el cadáver de Isaac–. Puede quedárselo –confirmé.

La expresión del comisario transitó de la sorpresa a la incredulidad, y de ahí al convencimiento de que tenía enfrente a un completo idiota.

–Me parece una buena decisión –afirmó solemne.

Sí, claro, cómo no. Menudo hijoputa.

–Regresemos a puerto –añadió– y allí lo arreglaré todo para que…

–No –lo interrumpí–. No vamos a regresar a puerto.

De nuevo, la misma expresión de sapo estupefacto.

–Pero…

–Eso de ahí –señalé el cilindro blanco de un metro de largo y medio de ancho, anclado sobre el techo de la cabina–, es la balsa salvavidas. Usted subirá a ella con agua, comida y una baliza de señalización, y cuando yo esté lo bastante lejos radiaré su posición para que vengan los guardacostas a buscarle.

El policía frunció el ceño con desconfianza.

–¿Y cómo sé que va a llamarlos y no me va a dejar tirado en mitad del mar para que muera de sed?

–Si quisiera matarle ya estaría muerto.

–No estoy seguro de que me guste su idea.

Ahí no pude evitar una mueca de desprecio.

–Me importa una mierda lo que le guste o deje de gustar, comisario. Por mí –hice un gesto hacia la oscuridad que nos rodeaba–, puede saltar por la borda ahora mismo y marcharse nadando. De hecho, lo preferiría.

Ansuátegui miró las tinieblas de reojo, luego al cuchillo que aún sostenía entre mis manos y finalmente le dedicó un vistazo a la balsa salvavidas.

–Como dicen en su tierra –resopló resignado, encogiéndose de hombros–: a la fuerza ahorcan.

Apoyándome en la regala me puse en pie, y una fuerte punzada en la herida del costado estuvo a punto de hacerme gritar de dolor.

–Mejor no me dé ideas –gruñí, apretando los dientes.

Menos de una hora más tarde, cuando la negra noche ya comenzaba a teñirse de índigo por el este, puse en marcha el motor del *Carpe Diem.* La hélice, ya libre de la cuerda que la aprisionaba, volvió a girar libremente con un sordo ronroneo.

A unos cien metros por la amura de babor, la balsa de rescate de color naranja flotaba al ritmo del suave oleaje, lanzando cada pocos segundos un destello blanco de su baliza estroboscópica.

En su interior, imaginé que mirando en mi dirección, el comisario Ansuátegui debía de estar aguardando a que yo diera el aviso por radio para que vinieran a recogerle.

Más le valía esperar sentado.

En la balsa le había dejado una garrafa de agua de cinco litros y un puñado de barritas de cereales. Racionando el agua, le podría durar un par o tres de días. Si tenía suerte y la corriente le arrastraba hacia la costa, algún pescador lo encontraría antes de que se le terminara el agua. Pero si no tenía suerte y la corriente lo empujaba hacia el norte en dirección a Jamaica… bueno, le quedarían unas quinientas millas náuticas por delante con un par de remos de plástico, una linterna, un cubo y un silbato.

Que el destino decidiera su suerte. Seguro que a sus anteriores víctimas no les había dado esa oportunidad, así que no me sentía culpable por haberle mentido a la cara y dejarlo a la deriva. Más bien al contrario; me sentía feliz, a pesar de la herida que seguía sangrando debajo del vendaje.

Girando el timón puse proa al oeste, en dirección a la costa de Panamá, de la que me separaban ciento noventa millas náuticas. Unas diez u once horas de navegación a buen ritmo, calculé. Tiempo de sobra para lanzar el cuerpo de Isaac por la borda y limpiar la cubierta de sangre y dar una breve cabezadita mientras el piloto automático seguía el rumbo que le había prefijado.

Si el tiempo o las autoridades aduaneras panameñas no lo impedían, a eso de las tres de la tarde ya podría estar en una de las paradisíacas islas de San Blas, tomándome una cerveza helada con un ceviche de camarón.

En un solo día había encontrado y perdido un fabuloso tesoro, había matado a dos hombres y abandonado a otro a su suerte en el océano, me había dado por muerto y, aunque herido, había sobrevivido contra todo pronóstico. Un día bastante completito.

Pero ahora solo pensaba en esa cerveza con ceviche, y puede que después siguiera hasta la isla de

Utila, en la costa de Honduras. Tiempo atrás, un viejo amigo me había ofrecido trabajo allí como instructor de buceo; la paga no era muy buena, pero me permitiría disfrutar durante una temporada de la tranquilidad de la vida isleña y olvidarme de todo lo que había pasado. Al menos, hasta que la necesidad de viajar y de nuevas emociones se hiciera tan acuciante que me viera empujado a marcharme de nuevo.

Y, aún no lo sabía, pero eso iba a suceder mucho antes de lo que podía imaginarme. Una aventura que me llevaría a los lugares más remotos y peligrosos del planeta, en la búsqueda de uno de los mayores secretos de la humanidad.

Pero eso, claro, ya es otra historia...

...Una historia que podrá descubrir en **LA ÚLTIMA CRIPTA**.

La espectacular novela que da inicio a *Las aventuras de Ulises Vidal*, la serie que ya suma más de **800.000 lectores** en todo el mundo y que puede encontrar en formato digital, papel o audiolibro en Amazon y en otras muchas librerías.

¿Me acompaña?

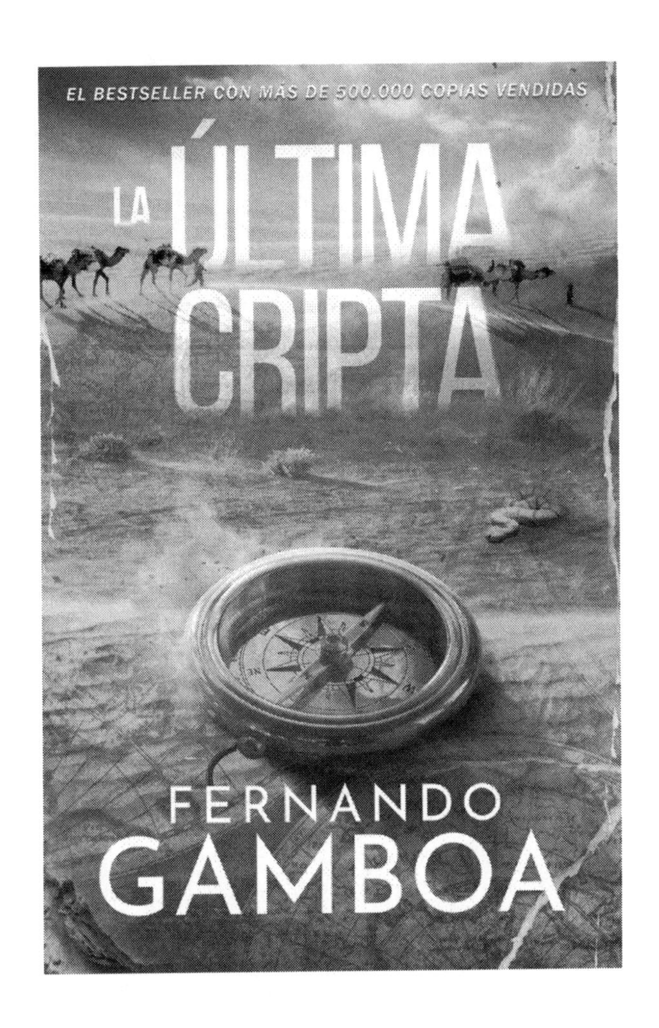
EL BESTSELLER CON MÁS DE 500.000 COPIAS VENDIDAS
LA ÚLTIMA
CRIPTA
FERNANDO
GAMBOA

NOTA FINAL

Antes de lanzarse a una nueva aventura, si ha disfrutado de este pequeño relato, le agradecería enormemente una reseña en Amazon de ***El último tesoro***, aunque sea breve.

Le tomará menos de dos minutos, pero es muy importante para animar a otros lectores a leerla y que así yo pueda seguir escribiendo nuevas historias.

¡Gracias por adelantado, un fuerte abrazo y nos vemos en LA ÚLTIMA CRIPTA!

Fernando Gamboa

www.gamboaescritor.com

Made in the USA
Columbia, SC
28 August 2023

22205204R00048